岭南创作文丛

行云流水为哪般

张德明 著

暨南大學出版社
JINAN UNIVERSITY PRESS

中国·广州

图书在版编目（CIP）数据

行云流水为哪般／张德明著. —广州：暨南大学出版社，2015.9
（岭南创作文丛）
ISBN 978-7-5668-1524-8

Ⅰ.①行… Ⅱ.①张… Ⅲ.①诗集—中国—当代②诗歌评价—中国—当代—
文集 Ⅳ.①I227②I207.22-53

中国版本图书馆 CIP 数据核字（2015）第 153468 号

....

行云流水为哪般

著　　者　张德明

出 版 人　徐义雄
策划编辑　杜小陆　刘　晶　潘江曼
责任编辑　陈丽娟
责任校对　黄　斯
责任印制　汤慧君　周一丹
出版发行　暨南大学出版社（广州暨南大学　邮编：510630）
网　　址　http://www.jnupress.com　http://press.jnu.edu.cn
电　　话　总编室（8620）85221601
　　　　　营销部（8620）85225284　85228291　85228292（邮购）
排　　版　广州良弓广告有限公司
印　　刷　佛山市浩文彩色印刷有限公司
开　　本　850mm×1168mm　1/32
印　　张　6
字　　数　126 千
版　　次　2015 年 9 月第 1 版
印　　次　2015 年 9 月第 1 次
定　　价　28.00 元

（暨大版图书如有印装质量问题，请与出版社总编室联系调换）

总　序

学者的文学情结

很多人在生命的早年，甚至是孩提时代，被文学的神奇世界所吸引，都曾做过作家梦。后来因为这样那样的原因，大都选择了别的行当来延续自己的人生轨迹，真正能成为作家的只有少数。在大学中文系从事教学与研究的学者，多数属于曾有过文学梦想但没有全身心投入文学创作的一群人。出于兴趣或者生计的考虑，他们选择踏入学术的漫漫征途。他们先是经过了多年的历练与磨砺，掌握了较为系统的专业知识，练就了渐趋成熟的理论思维，但形象思维和艺术创造能力也相应受到了某种打压和遮蔽；后来，他们著书立说，主要是从学理的角度，将自我对文学的独特思考和深刻认识系统而缜密地阐发出来，为人们更准确地理解古今中外的小说、诗歌、散文、戏剧等提供一定的指导和帮助。尽管理论的思考与实践时常压抑着创作的冲动，但这些学者内心深处藏有的文学情结是始终不会泯灭的。这文学情结平素里常常蛰伏着、潜隐着，很难见其峥嵘，一旦遇到情感潮汐的冲刷，它们就将如春草一般破土而出，向世人展示其翠绿的生命和强盛的力量。这次"岭南创作文丛"推出的几位学者的文学作品集，便是他们心中沉埋的深挚文学情结的集中显形，是他们学术研究之外弥足珍贵的创作收获。

其实，中文系学者同时也是创作能手，也能写一手好文章，这在新文化运动以来的中国现代史上并非新鲜之事。鲁迅、周作人、朱自清、徐志摩、闻一多、沈从文、钱钟书、卞之琳、冯至、穆旦等，这些曾在高校讲台上传道授业的学者，哪一个又不是文学创作上的佼佼者呢？只是到了新的历史语境下，由于学术体制的日益强化和学者自身文学技能的欠缺，能在研究与创作上二者兼擅的人渐已寥若晨星，这不能不说是当今时代某种人文缺失在中文系里的生动体现。略感欣慰的是，在位于祖国大陆最南端、粤西大地的岭南师范学院，有赵金钟、谢应明、殷鉴、祝德纯、红筱、史习斌、张德明等一批学者，在学术研究之余，还能以文学之笔法，述眼中之观摩，抒心中之情绪，从而构成散文、诗歌、散文诗的文本形式，用以记录自我独特的生命体验和生存履历。这批学者的文学创作，有文字的俊秀之妙美，有情感的深切之魅惑，有思想的深隽之特长，他们作品的集中展示，使"新岭南作家群"这样一个具有某种文学史意味的命名，得到了较为具体和切实的确证。

作为现代文学专业的教授，赵金钟在胡风研究、冯友兰家族文化研究和新诗研究等方面可谓成果丰硕，在学术界有一定的知名度和影响力。《流彩的石头》是其从教近三十年来所创作的诗歌与散文的合集，两种文体他都能熟练驾驭，并写出了各自的特色和韵味。他的诗歌有情感的热度，也有修辞的新奇，更传递着对自然和生活的浓烈之爱。赵金钟的散文是对自己生命行旅的及时记录，举凡生活之点滴、旅途之见闻、观景之心得、读书之会意，都被他捕捉出来，转换为文字的演绎，白纸黑字之中，刻印下曾经的生命痕迹。从艺术层面上说，赵金钟的散文语言朴实且情感真挚，述事虽多用简笔但能让人如睹现场，写景只寥寥几笔就能将动人之画面推置到人面前，抒情虽用语不多但情绪饱满，撩人心襟，具有值得肯定的审美个性。

　　祝德纯的《竹影横斜》和史习斌的《隔岸的灯火》都是散文集。祝德纯以散文研究见长，她的学术著作《散文创作与鉴赏》2002 年在中国社会科学出版社出版，不久便获得了湛江市文艺精品奖一等奖，足见其散文研究的成绩是为人所认同的。祝德纯的散文以短章为主，篇幅虽短小，语意却绵长，话语尽管不多，但字句之中不失女性的细腻，数语之下能察见述物之精髓。祝德纯的散文笔力老到，情绪内敛，需细细品味才能识得其妙处，获得其真髓。此外，这本集子中收录的几篇旧体诗词，可以看作是祝德纯从特别的角度来抒发情志、感喟人生的文学文本，从中可以窥见作者心中存有的文人志趣和古雅情怀。史习斌对新月派的研究很深入，他的散文集《隔岸的灯火》也在一定程度上体现了新月派的绅士风情。作为从大山里走出来的农民的儿子，史习斌始终不忘那片大山、那块土地，在他的散文中，时常有对那片大山、那块土地、那群质朴憨厚的农民的描述与吟赞。作为高校老师，史习斌也对自己的本职工作有所沉思和表达。史习斌的文学视野是开阔的，散文题材也很丰富，除上述内容外，还有不少聚焦于亲情、爱情、友情的情感类散文作品，他异常看重亲人和朋友在他心目中的位置，也希望用文学的空间来承载这有限人生中的无限深情。同时，他对现代化进程中的城乡对立和文化对抗情态有着深度的审视，并在不少文本中进行了艺术的阐发。此外，他还有部分篇章是对某些纯粹审美问题的探讨与追问，富有一定的思辨性。总体来看，史习斌的散文已形成自己独特的叙述语式和结构特色，在风格上是趋于稳定和成熟的。

红筱和谢应明多年来从事散文诗教学与研究工作，他们对散文诗的理解颇有心得，在散文诗创作上也实力不俗，这次推出的《筱露斜阳》《雨夜·月夜》便是他们个人的散文诗集。他们的散文诗写作各具特点，一者以抒情性见长，一者以故事性取胜，展示了两种不同的文学笔法。红筱的散文诗借助这种独特的艺术形式，抒发了对自然和人生的挚爱之情。她的散文诗，常常富于奇幻的想象，抒情性较为鲜明。谢应明的散文诗往往流溢着真情，这种情感是正面的、积极的、向上的，充满乐观的情调和昂扬的气度。他的散文诗让人很少看到阴霾，很少看到愁云，也很少看到唏嘘感叹，大多是微笑着的字句、暖人心怀的言语、催人奋进的情感。同时，谢应明的散文诗善于描写令人回味的人生片段，从而让文字散发出"故事"的趣味来。

殷鉴在大学从事新诗的教学与研究多年，出版过好几本大部头的诗歌研究专著，在诗歌研究界反响强烈。在教学之余，他常会诗性大发，并诉之以文。这次推出的《一些神奇的字迹》，便是他这些年来创作的诗歌的集合。殷鉴的诗以小诗、短诗为主，可见他对"繁星体"小诗心领神会，颇有研究，并能用自己的文学实践将那种有关小诗的心得和领悟落实到文本之中。他的小诗虽三五行即为一篇，但往往具有情景性和画面感，也能营造出某种意境来，并显出诗人机智和风趣的生活情味。同时，殷鉴的一些讽刺诗，涉及对政治、军事、文化、历史、现实等方面的思考与反映，不失精彩和动人之处。

《行云流水为哪般》是张德明的第一部诗集，有不少曾在《星星》《绿风》《诗潮》《延河》等刊物上发表。诗评家写诗是近些年来较为突出的现象，其意义也颇为特别，著名诗人安琪曾指出："批评家向来以理论见长，职业训练造就出的发达的逻辑思维如果再辅之以诗歌的形象思维，可谓相得益彰。写诗的批评家进入诗歌文本往往更能一步到位已是批评界的共识，而诗人们对会写好诗的批评家自然也有着天然的亲近和信任。"这是较有道理的，也可看作是对张德明在诗歌研究之外还能从事诗歌创作的某种肯定。

在当今商业化的语境下，文学的地位已日益边缘化，能坚守文学创作的人们是可敬的，学者的文学创作尤其难能可贵。正是因为这个原因，我们推出了这套"岭南创作文丛"，希望用这样的行动来弘扬中文系的优良传统，同时向伟大的文学致以深深的敬意。

最后还要感谢罗海鸥院长、刘周堂副院长和熊家良教授，他们为这套丛书的出版付出了很多心血，给予了极大的支持和帮助。没有他们的关爱与帮助，这套丛书的出版不可能如此顺利！

张德明

2015 年 5 月 23 日于南方诗歌研究中心

目　录

第二辑　我终于失去海枯石烂

第一辑　练习爱情

渴望

我守在你必经的路口
让思念如春草
铺满爱的小径
阳光的雨屑纷纷扬扬
丝丝融进你的倩影

……等你，漫长如一个世纪地等你
渴盼那白色的裙裾
蝴蝶一样翩飞进我的视野
期待那爱的洪潮
决堤而来
黑夜一样把我淹没

在甜蜜的等待里
那种幸福的渴望
恰似一只活泼的小鹿
在我心野上
来来去去，狂奔不已

往事

往事是那段山岩吗？我们无数次的攀爬
此起彼伏的摊坐
终究捂不热她铁青的面孔

往事是那波流泉吗？我们反复的倾注
双手的捧举
仍留不住她款款的韵脚

往事是那缕秋风吗？我们不倦的叨念
次第的迎受
还是无法捉住她细瘦的踪影

往事，往事，往事是你眉头的凝云
是你脚下的徐步吗？
让我的心思，始终找不到归航

友谊地久天长

友谊地久天长，这很好
我们的爱情
只有等待天崩地裂
或者盘古降世，辟地开天
两人的世界建起来多么不易
要么跑到人类起点
要么等到世界末日

涂鸦

涂鸦是爱的蛇步舞
情感的线条牵胳膊绊腿
如果没有风的韵脚，没有雨的铺垫
再多的笔画也缺乏生气

秋日私语

我们在夕光中练习做梦

梦王子和公主的童话王国

在山巅上想象跳崖

跳出惊世骇俗的爱情悲剧

在十月的落叶路上

我把你的顾盼，翻译为绿色的悄悄话

存储在信用卡里

等待回春的升值期

纸空气

练习爱情，其实就是练习说胡话
并反复相信它的真实
练习在寒冷的冬夜单薄着身子
还大汗淋漓
练习在崎岖的山道如履平地
一路健步如飞
就是练习发疯，犯傻，癫狂
折磨自己如折磨别人
练习高血压，孤僻症，心脏病
魂不守舍，呆若木鸡
练习在纸空气里
呼吸紧张，头晕目眩，窒息昏厥
死去又活来

如果还有来生

扳指算来，我们已爱过三世了
三个生命轮回，我们走得太近
反而处处都是难越的天堑
如果还有来生，就让我选择
做你的敌人吧
你进入白昼我就去黑夜
你上楼梯我就钻入地下室
你头痛欲裂我就鼓掌言欢
你走下坡路我选择落井下石
如果还有来生，如果我们还将相遇
就让我站在你的对立面
好好地痛恨你一回
用仇恨的黑色土壤
填平前世所有的沟壑

清晨的南泥湾

我要带你去南泥湾
我们要带上爱情的种子
去南泥湾参加革命大生产

我们要赶在拂晓前抵达
看黑夜在南泥湾的枝头如何消散
星星的火焰草，怎样点燃黎明

清晨的南泥湾，风和日暖
多像我们爱情的乳名
多像我们投身革命的誓言

"如今的南泥湾，陕北的好江南"
我们从南方来，不想见"风景旧曾谙"的江南
我们需要清晨的南泥湾，需要地地道道的陕北

我要带你去南泥湾
我们要带上浪漫主义的犁锄
去南泥湾开垦处女地

我们选择背对江南的地带
种下一路跋涉的艰险
种下生根开花的决心

清晨的南泥湾，满怀湿漉漉的心情
它会吹响三五九旅的军号
迎候我们的到来吗？

走吧，我们现在就去大陕北
去会合清晨的南泥湾
革命和爱情，原本是天生的一对

蝴蝶泉

如果我们相爱了，就去蝴蝶泉吧
看蝴蝶泉的蝴蝶成双成对
蝴蝶泉的泉水汩汩喷涌
多像我们火热的激情

如果我们分手了，就去蝴蝶泉吧
看蝴蝶泉的蝴蝶翩然而飞
蝴蝶泉的泉水叮咚地流
多像我们自由的心声

行云流水为哪般

长天阔海为哪般
星移斗转为哪般
春花秋月为哪般
柳绿桃红为哪般

鹰击长空为哪般
鱼翔浅底为哪般
群山逶迤为哪般
行云流水为哪般

沧海复又桑田
万物演化为哪般
生命终将消殒
我的喜怒哀乐，我的爱恨情仇
又为哪般？又为哪般？

2009 年 10 月 8 日下午

黄昏图腾

光线可以再灰暗一些
灰暗到初恋的朦胧
细雨可以再稀疏一些
稀疏成迷离的顾盼
徐来的风可以稍微走快一些
便于温热隐约的心绪
淡薄的月可以略施些粉黛
令傍晚平添些神秘和情味

在黄昏，在柳林
在我们悄然叠合的拥抱里
爱的图腾将会定格

午后的寂寞洲

午后的寂寞洲
一只大象无形的苹果
它的果核，深藏在
每个羁旅者的眸光里
怀着 18 层楼高的想象
我注视那片浮动的陆地
注视岛上的热潮
与四周的寂寞
泛蓝的水域
星星点点的乡愁
若隐若现
午后的寂寞洲
在我静静的注目中
显露尴尬的神情

如果这还不够

我有晴空万里，我有雪花满地，我有天涯浪迹
如果这还不够，我有百年孤独，我有
十里相送，我有一寸情愁，如果这还不够
我有飞刀，我有骏马，我有止痛膏，如果
这还不够，我还有最后一滴
遗忘剂

为你打马过江南

杏花春雨，烟波柳笛，桂香霞绮
江南的画卷在你梦中展开
西湖上升起明月，映照万川，映照
你瘦如清风的乡愁
为你打马过江南，我备日记一册，
散雾剂一方，采香瓶一支
我用日记录写江南的心情，用散雾剂清除
柳巷的离愁，用采香瓶
收纳万卷锦绣，为你打马过江南，我用大半辈子
采集苏杭烟雨，用李清照的词牌，为你酿造
秘制药膏，再用最后五年的光阴
足不出户，日夜疗治，你的怀乡病

午夜的太阳岛

如果一座岛只用来盛放爱情，那未免奢侈，未免

有些大而无当，不食人间烟火

这样想着，我来到午夜的太阳岛，来到

心跳过速的水域

海潮退去，沙滩上的脚印，凌乱而纷杂

三两只鸥鸟，飞飞歇歇，追着啄食

满地蹦跳的月光，一只白乳罩，在海浪中

荡来荡去，像一次轻浮的爱情，航标灯

在江心，幽暗幽明，不断放大

四周的茫远，和静谧

午夜的太阳岛

将情侣座腾空，将遮阳伞收起

比白日宽阔了两倍

正好可以装满，我此时的孤独

假如爱情

假如爱情是一方口香糖，我绝不会
放在嘴里，咬出累累的牙痕
我会用手捶，捶出它的硬度，和质地
或用脚踢，像踢紫气球，试试它的浮力
与弹跳，假如爱情是一方
口香糖，我会褪去它的衣胞，直接装入心口
让它沾着我，粘着我，洗不去也
刮不下，直到与我的青春
一同烂掉

第二辑　我终于失去海枯石烂

如果没有可瑞亚

如果没有可瑞亚，北京就是一座空城
一座人山人海的空城
大而无当的五环路，日夜奔流
枯燥的市声，如果没有可瑞亚
我不会留恋这城市的灯火，园林
哪怕长城比祖父的记忆还长
故宫挽留了一个朝代的背影

如果没有可瑞亚，我去过的鬼街
琳琅的海鲜一并失却了情味
北海的舟子，全散成几块原木
天坛祭祀从此失灵，如果没有可瑞亚
我在北京的逗留
爬满孤魂野鬼的哀怜

秀发如云的可瑞亚，是北京城最耀眼的风景
戴墨镜的可瑞亚，浑身上下闪动洋气和迷人
发短信的可瑞亚，发出的全是音符和欢快
还有着牛仔的可瑞亚，着一身诱人的妩媚

长摆裙的可瑞亚，犹如风荷袅起涟漪着满街的窥望
挤公交的可瑞亚，拥挤出感动城市的青春
百变可瑞亚啊，是我留守北京时，朝思暮想的女神

如果没有可瑞亚，北京城
就是我去过的最阴冷的地方，阳光总是斜乜着眼
从城头一晃而过
风沙蠢蠢欲动，从三月到五月，如果没有可瑞亚
我随时准备沿夜色逃离
这座空城，这座荒城，这座古寺
在夕照之中，如此的凄切和寒酸

初吻

衔在唇间的云彩，藏在眸畔的波痕
此时无声
像进行曲一次短暂的休止
缄默之刻，山呼海啸
无数个晨昏的依偎，柳林的倩影
和园廊中的流盼
都在这一瞬拢聚，重叠

没有解不开的结，只有
燃不亮的灯，如同驱不散的雾
"你就点亮我吧，像夜晚点亮星星"
那时我轻轻，拥抱了你，腰肢间漫溢的柔情
泉水一样打湿我的心扉

那一刻的心动，漫长了一个夏季的等待
绷紧的弦，随时可能裂断
时间之外，一扇门开了又合
合了又开
那摄魂的敲叩，何时才能响起

当四叶唇静静叠合，紧闭的双眸
分明看见神的身影，于万家灯火中翩舞
山颠地颤
衔在唇间的云彩，藏在眸畔的波痕
刹那幻化为缤纷烈焰
亮耀在你我慌乱的空间

2009 年 8 月 12 日

可瑞亚

可瑞亚，可瑞亚

我这样呼唤你的乳名

还能唤回那段恋情吗

悔恨的牙根，咬不住远逝的往事

过去，就这样水流一般

过去了吗，可瑞亚

曾经头埋在我胸的你，一头秀发

汩汩不断的温柔和多情

在我眼前，风弦轻奏

鸟语如歌，如歌，如你淙淙的心音

可瑞亚，那一刻

我恍如进入了梦幻世界

满天星月，全是动人的童话

四野遍响着幸福的鸽哨

我们的眼眸，在互视中交换着情与爱的流波

可瑞亚，可瑞亚

我用双唇一遍遍抚摸你的乳名

我用心一次次擦拭着我们的爱恋

怎么擦不去那一次偶然的误会，那一截永远的伤心

"你将落下病根，不能终老"

可瑞亚，可瑞亚

我们真的就是在昨天海誓山盟

在今天形同陌路吗？可瑞亚

风的背面是否还是风，时间的内里仍旧是时间吗

可瑞亚，可瑞亚

当一段爱恋走到尽头，我们的过去

真的就成了难以述说的茫然吗

我宁愿相信，我们还在梦中，未曾醒来

我也宁愿守护，那无能回复的希望

可瑞亚，可瑞亚，让我今生为你掌灯

越过了无尽的黑，无限的白吧

在岁月的风中，我默念着你的乳名默念我们的过往

可瑞亚，可瑞亚，你是我生命的伤

让我一世疼痛，走不出曾经的影

让我信守一句朴素的哲言——

有的人注定一辈子怀想

有的人注定在今夜遗忘

在地坛

说好不要流泪，不要将往事
述说成河流
说好不要叹息，不要将失望
折算成包裹
在地坛，我们还是相拥着哭了
我们再也堵不住伤痛的泉眼，在地坛
当最后的聚首，最后的告别
发生在同样的时间，空间，熟悉又陌生

在地坛，我们迈出了
第一步，我们聚足了数年的勇气和等待
蓄满的潮水决堤而来
覆盖了你，覆盖了我，在地坛
我们相互找到，多年走失的自己
我们交叠的手臂，目光，话语
在地坛草绿的空气间
编织稠密的情网

在地坛，我们把周末书写成结伴的脚印

将午后的荫，日暮的霞，薄晓的雾
涂上目光的底色，和心情的香味
在地坛，在地坛
九曲的回廊，起伏的京韵，隐约的夏风
四处溢满我们的缱绻和依依

好景苦短，才显出更多的珍贵，更长的煎熬
随着分离的酸雨徐徐降落，在地坛
我们无法收留时光的双脚
现实的刀，咔然裁断叠合的情感线
约好不要说告别，说保重，说再见
都不要说，可风说了，雨说了
天外的残阳，说了，说了
我们忍不住，拥抱了再拥抱，就算断了双臂
也诉不完此后的心悸，在地坛
四月犹在，七月走远，短促的缠绵
我们究竟获得了什么，又失去了什么

在地坛，在地坛
将发生的还在发生，该结束的
早已结束
在地坛，在我和你的日历里

情人

1

如果真有一种叫情人的种子
我一定将它种在最贫瘠的山冈
背靠太阳的地方
让它饱经风霜，缺少营养
只有百分之一
存活的希望

它经受不了环境的残酷
过早逝去，毫不足惜
仓促出土的爱情，
不会有灼烧心灵的光焰

万一它抗击了风雨
毅然生长
我将勇敢接纳它
像接纳破雾而来的曙光

2

她迎接你，会用泪水，柔情和蓝香槟
也用情咒，毒药和断情刀
在一个未知的旅店
她赐给你致命的一夜
然后带走你可怜的一生

3

没有永远的情感
只有暂时的肉体

给 L

雾

雾，有时很薄

如熟睡人的呼吸

有时又很厚

像层叠的山岚，像大海的幽深

当我初见你

陌生，客气

如一层厚厚的雾

隔在我们中间

后来熟悉了

微笑，对视，无所不谈

只有一层薄薄的雾，神秘地

在我们两人间隐现

雨

下雨的时候

我收到你的短信
亲切的风，吹进我的心田

我还坐在小屋
不知道雨已打湿了街面
和人们愉快的心情

后来有了雷声
我听出了一片伤心
暴雨，会将我的希望冲走吗

又收到你的短信
是一缕阳光
照散我心头的阴霾

雷

很大的，很光亮的
轰隆声在天边响动
电光水火随时会在大地散播

你等在校园的某个过道
听潇潇夏雨中
女儿把最后一页书念完

在雨中，时光的车轮
驶向了你曾经的学生时代
那么多忧郁，装满了课堂和书包

雷又响起，把你拉回现实中
你看见女儿跑过来
赶紧用母爱将她抱紧

电

天空中的光
可以再大些可以再刺眼些
以对应广大的天空

你对我的爱
可以更狂暴些可以更凶猛些
以对应我长久的等待

电来到天空的时候
大地在惊喜中颤栗
你来到我身边的时候
我狂乱的心跳，你听得清吗

蓝莲花

我喜欢蓝莲花的蓝

像童年的梦境

像初恋的滋味

如果少了这颜色

莲花的容貌

定会显得憔悴，和落寞

我知道蓝莲花的蓝里

有太阳的吻印

和流水的轻音

午后的风，静夜的月

都在花蕊中悄眠

穿蓝格子裙的莲花

在山溪边，在幽谷里

无忧无惧地开放

让人心疼地美丽着

她身边的岁月

终日流溢款然的情韵

淡淡的忧伤
流溢我翩翩的向往和
蓝色的思念

我终于失去海枯石烂

黄河跨过了还有长江，长江飞越了
还有大海，还有大洋，还有
大洋上的好望角
还有你猜不透的心思，猜不透
五月的黄昏，
爱的折返跑，迷魂阵，影影绰绰
我终于瘫坐如泥，我终于心乱如撕，我终于
失去海枯石烂，终于失去
没完没了的游戏

陈酿

就着炕头唠嗑吧，就着微温的炉火
呛人的冬味
把古旧的恋情，难解的冤家
都翻晒一遍，晒出汗和盐

年轻时的怯生，面对邻村的小龙女
你的双手像流离失所的孤儿
初嫁的羞涩，唢呐和鞭炮的次第怂恿
仍遮盖不住红头巾下的瑟缩不安

第一次远行，双脚
准备了多少跋涉，耳边
盛满了几许叮咛
最后一次返乡，在清泉边
初恋的影儿依稀可见

就着这半醒的月色，迷糊的窗花
细细品味如织往事
就像品味那罐陈酿

不开启的时候，就天封地冻地掖着裹着
在最深的岁月里
一旦开启，就倾罐而泻，不遗一丝余味

与雪阔别

北方的兄长
短信告知我那里一夜大雪
银白的尘土
覆盖了村舍，田畴，小道
和剩余的秋日

在南方的天空下
我的记忆
早被丽日和风灌满
只能点亮童年的灯盏
沿梦的单行道
去找寻那片雪色与寒意
找寻有些疏远的故乡
稍显怯生的亲人

与雪阔别
一种无言的焦渴
在内心彻夜燃烧

给父亲

黄昏树下，我们并排坐着
有时互相看看
没有一点表达
像栖在电线上的两只候鸟
静待春天的信息

有时我试图说出一两句话
让你听清
如山谷听清流泉的声响
尽管你已失聪多年

当我开口
你的眼神闪烁起来
像夜空中探出头的星星

失眠

昨晚我失眠了

这个叙述有多种解释

首先说明我没睡好

我和枕头、床单磨蹭了一宿

把月光当药片一秒一秒地吞吃

其次说明我走了神

大脑为一个远方的人一桩过去的事

而不愿停止工作

它强拉眼睛、手臂和茶水作陪

再其次表明我鲜活着

当睡眠成为一种死亡的形式

失眠就是一次无组织的逆反

还可以解释说是某种感应

某种对举

天底下如果有一个男人失眠

就有一个女子没有睡得安稳

造句

因为，所以

因为山峦，所以云朵
因为天空，所以大地
因为鸟语，所以花香
因为风声，所以雨滴

因为经过，所以回忆
因为流泪，所以成长
因为失去，所以得到
因为爱你，所以恨你

一边，一边

一边是草丛，一边是栖息
一边是山溪，一边是流浪
一边是帆影，一边是沉舟
一边是爱情，一边是荒地

一边收获，一边丧失

一边进击，一边撤离

一边沉默，一边表达

一边死亡，一边生存

用手机写诗的女孩

用手机写诗的女孩

她用大拇指按动意象，语法，修辞

会唱歌的鱼，会游泳的鸟

长翅膀的风，黑牙齿的雨

小小的视频

翻涌着阔大的世界

用手机写诗的女孩

她发的短信，一定小巧，精致

不乏诗的意境

她拨打的电话

一定情深，意永

有诗的韵味藏于其中

用手机写诗的女孩

她已学会了与通信的现代魔兽博弈

屏蔽光影声色的蛊惑

在词语的密林里

悄悄寻找自己的闲暇和安适

最后一万天

我是突然之间，触摸到这数字
当时心里一阵惊惶
仿佛找寻拐杖的盲人
意外抓到一条小蛇

四十岁以后，我还是第一次
想起这么大的数字
想起这个巨大的数字里
瘦小而冰凉的身体

最后一万天了，
我与这世界的缘就要解散
有多少人还不及去爱
多少山河来不及收复
多少草木的泪水，来不及去擦拭
多少戴太阳帽的天空
来不及仰望和亲近

一万天后，我就上路
身后红尘滚滚
身前万丈深渊
我独坐黑暗中，不再知觉

爱的拟声词

瑟瑟

是秋风抚弄叶瓣
是春水挤破薄冰

是衣角的皱纹，因寒而起
是眼底的轻叹，夕光中丛生

暗影似的冷，沿思念的纹路爬行
夜月的悄移，洒下几缕清辉

你离去的身影
在山水间晃荡

我盼归的手绢
飘举为抖动的旗

咚咚

爱情需要敲打

起落之期
如花的火星四溅

从拂晓到黄昏，以等待蓄势
将一汪湖渊满
隐约更多的旋音

你忽远忽近的脚步
轻音重锤
敲击在我心的鼓面上

鼓乐响起
前一锤和后一锤间
隔着水的回味

唧唧

虫鸣似的思念
适合在静夜生长

适合在乍暖还寒的早春
捡拾梦的落叶

适合在月光如水的清秋

注视柳条拂过河面

适合有风的夏夜
在膨胀的空气中深吸一口清凉

适合融雪的冬晚
冰挂滴答着牵挂

适合在广漠的天穹
寻找由白变蓝的那片云朵

适合在流淌的时光里
守候怦然心动的一分或一秒

有时候，让心思尽量细小
才可能盛下爱的博大

哗哗

在风中低走
或在花下沉吟
夜的流水哗哗
湿漉的心情，与远月
同病相怜

一些日历中的剪影
沿时光的沟回浮现
不再有哀音
不再有吁叹
只有记忆的荧屏
开开合合，被唤醒的往事
一边显影一边消逝

闪电

有一种光亮，必定惊世骇俗
黑夜酝酿已久的激情
燃放起来
次第的山啊水啊
都眨巴惊奇的眼睛

事实上，惊讶你的
并不只是炫目，光和影
组织着变幻的新奇
日渐沉睡的心，悄然苏醒在
午夜抑或黄昏

谁在呻吟，谁在啜泣，谁在叹息
这静似无人的夜里
一缕电光，照醒诗人的注视
听出潮汐，月晕，日蚀
和这无声世界起伏的喧嚣

泪雨

自然是没有错的，日与夜
交替在逻辑的轨道里
阴和晴也没有错
只是太阳和云朵的游戏

你也没有错
就算所有的爱与恨都成海水
从两眸溢出
过去的自己一并回来
向你追讨，情债累叠如山

过去也没错
并非所有的脚步，都迈向掌声
谁知道开向心际的花蕊，哪一朵
终变成期待的果实
"感谢生活，给了我们泪和笑"
泪水漫过一次
你就成熟一回

树叶曾经在高处

还能听得清，临风时的萧萧
却无法再看见
饮一盏春风的红酩
啜一缕夏日的笑靥
曾经的明月，不再是香雾缭绕的琼液
洗浴耸立的疲惫
曾经的清风，也不再如环佩叮当的手
抚摩青嫩的日子

我在岁末抵达那片森林
一场大雨，正在心间滂沱
我看见一只小鸟，穿过深秋
在枝头逡巡，然后
疾飞而去

沿着石阶，孩子们的欢笑
秋叶般一路洒落

不要以为

1

不要以为
我爱你
就不会说恨你

不要以为
我捧着你
就不会踩你

不要以为
我哥们着你
就不会仇人你

2

不要以为
我民间了一下
就不再会知识分子

不要以为
我梨花了一回
从此就不再梅花

不要以为
我林语堂了一次
就不再会鲁迅

3

不要以为
你歌出最好的喉
我就一定会联想到夜莺

不要以为
你舞出最风骚的蹈
我就一定会想到床和套

不要以为
你钟爱了我一生
我就必定对你一心一意

不要以为
你说失落说绝望说悔恨
我就必定不会说——活该

4

不要以为
传统的传统节日起来
我们就不会在意乡村的眼泪

不要以为
火炬和群众新闻着激动
我们就不会心藏悲痛

不要以为
所有的控诉释放在网络
你们就能放肆地超载夸大的幸福

不要以为
这个时代深重的罪孽
下个时代就一定能看清

为难

瀑流飞挂
这些幽居山巅的泪珠们
选择跳崖的方式来打动游人
她们跌落在地，渊积为潭
如洗的莹洁，让人疼爱

我在湿潭的围径上
走了两圈半
第一圈，我获取官运
第二圈，我得到财运
第三圈，桃花运将至
我愣在半途，左右为难

分裂

这么多流血的跋涉
这么多伤风的倾听
这么多打着补丁的话语
这么多印满牙痕的忧郁

在这座山上
石头以巨型的完整
守护自我的尊严
我们却委屈地
将身心分裂

三千米高空

飞机在三千米高空穿行
它太快，快得让我们感觉是静止的
而悬空的速度实在令人提心吊胆
我怀疑它随时会被云层吞没
或让小鸟撞翻
躲在暗处的黑匣子
正抓紧摄制我们最后的旅程
我不敢观望窗外
栖在机翼上的太阳，正熔化着前进的钢铁
层层白云，散发着裹尸布的气味
好在几个空姐从身边
走来走去
她们端茶倒水，不时朝我微笑
使我紧张的心情稍微有些松弛
冒了生命的危险，我才可以和美女
挨得这样近
她们亲切，和蔼，举止优雅
让我产生了视死如归的念头

2009 年 8 月 16 日凌晨，海口—福州，飞行中偶得

夜访小镇

你住的小镇是我心头的某处伤痕
它在祖国的东南角呼吸
却在我身上疼痛
我只好携了三千公里的迷惑，八小时的辗转
去看你，和你的小镇
趁着夜色，趁着街巷将睡未睡
熙攘的叫卖各自还家
慢性病似的乡音正好将我伪装
成一个游人，或一个外商
在小镇暧昧的路灯下，我一边赏景
一边用脚量度
思念的尺寸，爱的距离
触摸你浅水般的梦想，薄雾样的野心

夜访小镇
我在暮色中偷袭你的王国
不小心成了这块土地，意外的俘虏

2009 年 8 月 15 日，海南某宾馆

我不知道风

我不知道风，朝哪个方向
吹着，这风
不再是徐志摩的那朵
吹不起康河的柔波，雪花的快乐

如果能摘下这风，
我愿将它入药，下酒
或者晾晒，风干
陈列于岁月的床头

这只是一缕，偶然的风
不大也不小
刚好盛满，我的心窝
随风吟唱的风铃啊
从此萦回耳畔，
成为不再凋谢的歌

第三辑　清凉山人物志

题记

我们村庄名叫清凉山
一览无余的平原
向往高峻起伏的山脉
祖先将这个名字
刻在村头碑上
刻在悠悠淌流的水波里
刻在一代一代
清凉山人的记忆中

理想的彩光
润泽了淡然无奇的乡野
无山的平原
因此有了皱褶嶙峋的庄户人
每一株生命
都是一方个性独异的山石
在小村庄宽厚的胸脯上
戳盖上历史与现实的图印

黎翁

传说中的亲人，黎翁
是我爷爷的爷爷
他在世的时候
是清凉山人仰望的高峰

据说他习惯沉默，很少言辞
就像一架山体
无声无息
又注定给平原人
悍然的力量，鼓胀的信心

长长的烟杆，铭刻着
文徵明的行草
散发大清王朝的气味
烟袋却是民国的刺绣
有好看的篆体"黎"
在袋中央静卧
这是黎翁身边常带的宝物
吧嗒吧嗒袅起的烟雾

述说他不绝如缕的安闲，自得

常年的沉默，就为铸养一次爆发
那年暴雨将至
既熟的麦粒，还不及镰刀的亲吻
黑夜来临
乡民踌躇之间，黎翁吼一声"收"
老少上阵，披星戴月
两百亩麦田
一夜间全裸出胴体

站立田头一宿的黎翁
疲惫的身躯，和着他八十三载的沧桑
终于躺倒在枯老的柏树旁
没再起来
他的故事，从此成了清凉山人
口耳相传的经典
津津乐道，常讲常新

三眼婆

三眼婆姓甚名谁，很少人知晓
人们只说起她
总是伸张右手
食指与中指并紧
点点天，又点点地
最后点在自个眉宇间
凝神屏气，经久不息
直至将隐积在村民周围的邪魔遣散

"三眼"的来历，流行各种版本
有说她独具三只眼睛
一只观现在，一只察过去，一只探未来
有说她两眼天生，一眼后成
得自多年以来的信佛斋念
还有说她双目前视
一目后望
世事洞明
妖魔鬼怪难以近身

在清凉山人眼里，三眼婆就是现成的福祉
举凡无端失火、意外伤财、久病不愈
抑或小儿夜啼、丈夫梦魇、老人哑声
三眼婆都将应唤前往
上香烧纸，画符验帖
口中念念有词
光影声色间，直觉到灾祸远遁

三眼婆的灵验，终于没能
在三眼爹身上重演
那晚他一个劲地起夜
上厕所，上厕所，上厕所
忙乎整宿的三眼婆，疲软着身子，
迷糊中说
"老头子，挺住，挺住"
三眼爹还是没有挺住
天明就远行了

三眼婆继续吃斋念佛
与人消灾
随着村卫生所落成的鞭炮
她的生意开始日渐寥落

王婶

王婶的爱情奔波了 200 里
才栖落在清凉山上
王婶嫁到清凉山时
骑着一头毛驴，带着两皮箱旧书
和三包裹的针线活

那是 1978 年早春的事了
王婶高考落榜，心灰意冷
站在凝露的寒夜
听来自邻县的花鼓戏
听戏里的小生，怀着爱情的感伤
咿咿呀呀地哭唱
他们同病相怜
很快成了棒打不散的一对

那戏里的小生，正是我们清凉山
人称"第一嗓"的王叔
顺着他清亮的歌喉，王婶义无反顾
来到清凉山，做了清凉山
最远的新媳妇

戴着镶边眼镜的王婶

为清凉山诠释异乡的秀气，端庄，和文雅

针线活是儿时习学的

灵巧的手艺，

在鸳鸯、荷花、莲藕的彩绘里跳跃

小人书里的故事，在她口中宛转

流溢蜜汁样的情味

成为清凉山文化站的品牌节目

王婶嫁过来的第二年

清凉山终于有人中了"状元"

进入武汉大学读书

人们说，那是王婶带来的好墨气

胡子刘

胡子刘是清凉山村

最有名的笔杆子

头发蓬松，不修边幅

满脸的络腮胡子

就像平原上春风吹又生的节节草

爽然一笑，草野散开

露出两排牙齿，白得动人

胡子刘写一笔流利的小楷

有柳公权的风骨

外加魏碑的底蕴

每到春节，求对联的乡民排着长队

大人小孩夹杂其间

等着他将大红的喜气

——涂上浓墨重彩

胡子刘从不收润笔费，一句感谢

直乐得他眉开眼笑，笑声

像清凉山边的小河，终日欢快地流

胡子刘的文采，赛过天边的流云
最早的作品，发表在村公所
国庆宣传的土墙上
清凉山全村的老中青壮，在宣传栏前
挤站成胡子刘的第一批粉丝
接着他把作品，发到县里
发到省里，发到中央
让人民日报，也散发馥郁的泥土香

胡子刘后来提拔到县文化馆
清凉山终于走出第一位专业作家
从清凉山走出的作家，文字之间
不由得充满平原的坦荡
与大山的呼唤
透着清凉山村节节草的香味

赵红旗

赵红旗打小就是
清凉山出了名的淘气蛋
下河捞鱼虾，上树掏鸟窝
摸进果园偷桃子
他把恶作剧的战斗红旗
插遍了清凉山的角角落落

进了课堂，赵红旗
仿佛换了一个人
圆睁的眼眸，闪烁求知的光焰
双手撑起的脑袋瓜子
装满万花筒似的奇思妙想
在清凉山破旧的小学校园
至今传颂着赵红旗
逢考总拿第一的佳话
那是清凉山人智慧的象征

高二那年，赵红旗生了一次大病
持续的高烧，不退

整夜整夜地说胡话

在县人民医院的重症病房

家人，同学和护士，急得心头直下雨

专家集中会诊

确定为急性脑炎

用药，用药，用药

抗毒素，抗菌素，中西医结合

大约半个月，赵红旗，几乎倒掉的旗帜

才再度飘举起来

不过旗杆经此浩劫，自然瘦了一圈

出院后的赵红旗

回到清凉山静养，休学

一度想就此结束

高中生涯

清凉山几代人的大学梦，眼看就将

化为烟云散去

好在王婶在文化站讲授的英雄故事

苏秦"悬梁刺股"，项羽"取而代之"

老村长挂在嘴边的苦口婆心：

"娃啊，去给咱清凉山争面子"

这些话语，飓风一般刮在赵红旗心堤

刮走他旗帜样升起的退学念头

清凉山唯一的高中生
仅有的大学胚子
再度返归校园，重拾学业

1980 年，赵红旗以总分 416 的高考成绩
如愿进入武汉大学生物系
将清凉山人引为骄傲的"状元"旗帜
插到了飘溢樱花香的珞珈山上

田二妹

姐姐田大妹远嫁山村时，田二妹
毅然坐上了南下的火车
她辗转来到东莞一家服装厂
扭转命运的打工生涯，就此开启

背着父母，顶着乡人如织的非议和担忧
田二妹南下广东，成为清凉山走出的
第一个打工妹
工号，打卡，流水线
将田二妹生活的运行轨迹
重新设计，重新描画
在卷尺，机针和碎布头的纷纭里
田二妹用一天 18 小时的加班加点
累积着返乡的财富和荣耀

厂房接踵，高楼林立
城市上空的明月，那般的清冷和孤寂
就像田二妹滞留异乡的心情
在东莞此起彼伏的机器轰鸣中

田二妹一边紧张工作，一边
拼命地想家，想念爱咳嗽的父亲
和老花眼的母亲
想念自己遗落在故乡田头的青春梦幻

田二妹用不回头的执拗，和清凉山河水
灌大的勇气，闯出了清凉山人
另一条生活的路，在她远走广东的第二年
村子里的青年男女，像捅了马蜂窝似的
带着不多的盘缠，分赴珠三角、长三角
江浙、上海、北京、山东，时常可见
清凉山人风尘仆仆，忙碌如蜂

清凉山日渐冷清了，少壮们的身影
从村头的大柳树前纷纷走远，消逝
老人的目光一天比一天浑浊
孩子的读书声，明显底气不足
只有清凉山河水，照样呜呜地流着

三年后，田二妹返回清凉山完婚
她带回了打工时认识的同厂保安罗小强
也带回了一段甜蜜的恋情
她用打工挣来的钱，购置了冰箱，彩电，席梦思

以及清凉山人结亲应有尽有的热闹与排场
酒宴散后，坐在婚床上的田二妹
回想 1000 多个日子的含辛茹苦
泪水刷地一下，奔涌而出

罗插门

跟着田二妹一同回乡的罗小强
成了田家倒插门的女婿
清凉山新添的这个户口，来自临沂
少不了山东汉子的魁梧和刚健

罗小强一进田家，就把一套崭新的
保安制服，作为见面礼
送给了迎上来的岳丈，接过制服
田老伯泪眼婆娑，半晌没说出话来
老花眼的田大妈，仔细端详这位上门女婿
仿佛意外拾得的一件宝物

"东莞来的保安"，"把管几百号人呢"
清凉山村民交头接耳，议论纷纷
他们碰到罗小强，急忙哈腰，点头，微笑
用敬畏的目光迎来送往，因为罗小强
田家人在村子上的威信，恍如牛市股票
几天来迅速蹿升

照清凉山规矩，倒插门的女婿，父母
要被邀请到女方家，好酒好肉地招待三天
罗小强父母远，来一趟不易，只好在吃饭前
摆上两双竹筷两口碗，一只小酒杯，摆出礼仪和象征
斟给父亲的酒，由罗小强代喝
有几次，罗小强左手端起父亲酒杯，右手端着自个酒盏
轻轻一碰，说一声，"爹，娘，您二老辛苦了"
两杯酒一骨碌灌下去，两行泪从眼中漫溢而出
那情形让人好生感动，仿佛罗家父母，此刻正在堂前
坐着

罗小强在清凉山待了总共不到五天
认亲，订婚，置办家具，结婚
一切例行完后，又同田二妹急速赶往东莞
不过这短短五天，对于清凉山而言
绝对意义重大。一个大城市的保安
不远千里来到清凉山，来到田家，插门落户
无论过多少时日，都会是人们
津津乐道的兴奋点

结巴张

结巴张一说话，周围人就笑
即使不张嘴，碰到的人也笑
清凉山人遇见结巴张，就像在电视里头
看到了赵本山
结巴张俨然是清凉山出产的土笑星

结巴张一岁时，母亲扛不过深重的沉疴
匆匆撒手人寰
父亲憨厚如铁，性子呆慢
擀面杖也蹓不出三句话
结巴张从小营养短缺，发育不良
得不到正常的语言训练
迟钝的舌头，终于跟不上思维的节奏

七岁那年，清凉山连续一月阴雨不断
到处是泥泞和湿滑
结巴张上学途中，不小心跌入池塘
他结巴着嗓子，扑喊着
"救……救……""救……救……"

被人捞上岸后，这落水的故事
很快就不胫而走
清凉山的闲人们，以为找到一桩乐事
一逢见结巴张，就打趣地问
"你舅舅呢？""你舅舅呢？"
结巴张总是涨红了脸，低垂着头
像是做错个位加法的孩子
默默承受众人的哄笑

结巴张小学五年级没读完，就中途辍学
早早加入清凉山农民的队伍
跟着父亲出工，他最怕碰到外人
怕碰到那些针刺的眼光，和有毒的舌头
一见来人，他总要绕着道走
白天的尴尬比路上的蚂蚁还多
结巴张一早就盼望夜晚早点来临

又过两年，父亲也离他而去
孤身一人的结巴张，日子更加难挨
在物质和精神都不富裕的清凉山
结巴张的存在或许是一个错误

尾记

清凉山是一个立体
人只是其中的一维
他们环抱村庄也被村庄环抱
书写那块土地
也被土地书写

时光在清凉山河水上
川流不息
清凉山人的命运就这样不停上演着
一代又一代
一茬又一茬

清凉山是书写不尽的
除了人物的起落生灭
这里还繁衍着更多的历史
风俗史、环境史、节庆史
婚嫁史、考学史、村官史
每个历史的褶皱里
都弥漫着清凉山迷人的个性

第四辑　老唱片

入夜

夜晚睁大眼睛
在古寺钟音里困乏渐散
花朵们打开身体，打开
整个春天的梦寐
等候一阵风，送来小雨
和轻轻颤栗

我沿着流萤的舞步
潜入草地，听绿的疯长
在夜的怀中叮当作响
钟情的花朵们，守在哪棵枝头
默然翘望

在灿然若云的花群里
我短暂停留了一秒
一脉花香沁入眼眸，更多的花朵们
关上身体，守住她们的秘密

在花朵们醒着的那个夜晚
我只呼吸了一鼻香醇，没有
摘下一叶花瓣
随后悄然转身
隐入浓黑的雾中

观蚁

我们俯下身去
仔细看地面
到处是黑色的蚂蚁
在五月的柳荫下散步

他们常常头碰碰头
脚踢踢脚
以表达思想传递信息
或者一呼百应
为在即的风雨
作集体迁移

有时倾巢而动
搬运食物
阵势浩大
如送葬的队伍

当我以万物灵长的身份
俯下身去

他们无动于衷毫不警觉
眼睛专注着有限的视野
忙碌着自己的生活

牧牛

河坡草肥
我们把春牛
放牧到那儿
便坐在河堤上
高跷脚趾
吹响牧笛

河水汨汨
时光慢慢悠悠
我们吹乐间暇
不时俯瞰春牛
欣赏素食者们
自由的生活

这时在牛
也是一种享乐
它们学会放松自己
吃草或者角力
无不表达着幸福

中国画

云在山间绕
山在云头立
山云掩映

无风三尺浪
有风水能静
风水相生

花唱鸟之语
鸟绽花之芬
花鸟为春

朔黄走笔

晋商

在晋北，一个叫原平的县城
我们揣满梨花的期待，沿一路杏香
走进朔黄，见证中国铁路建设的
奇迹与传说

我们先是见到了赵俊义
浓眉，目光如炬
黑色西服，笔挺着领导风度
一说话，明澈的笑容便如花绽露

后又见到了李桂保
夹克，朴实而端庄
说起话来，既有长者的慈祥
又有领军人的气魄

在晋北，在那个叫原平的县城
在城郊的朔黄公司

我们只用了半天时光

就在朔黄人长达594公里的管理智慧里

在公司历时10年的不断繁兴中

咀嚼到晋商的文化内涵

高度

这是四月的原平

微寒中瑟缩的花枝，令山垛有些瘦小

树丫清枯，天空更其高远

但一群诗人的到来

晋地海拔明显上升

这是原平的田畴之上

雷霆，马永波，大卫，韩玉光

四个1米80以上的汉子集结一处

显然代表了中国诗歌的高度

四个1米80以上的汉子

挺拔着几种不同的风格

马永波的塞北，大卫的江南

雷霆与韩玉光的三晋

在一个高高的海拔处，碰撞出炫目的诗意

四个1米80以上的汉子
集结在原平四月的时空里
中国诗歌的身影
一下子伟岸了许多

小诗妹

以前我知道两个诗人
一个叫刘小雨，在陕西
编周公版的诗选刊
一个叫山西小诗妹
在山西，诗如人般清美

这次在原平
我一手握住了两位
在诗会的花名册里，我知道了
刘小雨就是小诗妹
小诗妹正是刘小雨

晋地高远，俊朗
小诗妹有些瘦弱，单薄
晋地清寒，瑟冷
小诗妹的诗却温暖如春

我以前读小诗妹的诗
并不仔细，印象不多
这次在朔黄演出厅的朗诵会上
我才有幸
从刘小雨的声音，表情和抑扬顿挫中
读出了密如群星的情绪，风味，与感动

偶感

生命便是宇宙的一次呼吸，开始和结束

如此随意，自然而简短

我总怀疑自己，会在某个转角处，突然梗塞

像戏子从幕布后冒出，将序曲掐灭

像天空的蓝，随生随熄

人生的草稿，不停在修改，灵性地增删

仍然遗憾没有写出最炫的期待

日出而作，日落也不息

反反复复出击，两手最后拎满的

依旧是一应的空虚

唏嘘，喟叹，无声地吼

无能点亮一个瞬间就将停下来

生命，不过是宇宙的一次短呼吸

方式

以一种方式进入生命，只有时间懂得

春天藏不住眼泪，暮秋明亮地抒情

有谁理解

不谐和的音常常最真诚

我从暗夜走来，为了在天晓时

找到种子，找到上帝的诺言

风雨兼程，踏着遍地霜冷和荆棘

任一阵风扎出鳞鳞伤痕

谁相信沉默的歌者有婉转的歌喉

谁相信静谧的心房满贮着大海的潮音

芬芳的笑靥里谁读到人生的苍凉

冰冷的雪野谁嗅出春花的芳香

以一种方式进入时间，只有生命懂得

行走书写心声，记忆留住自我

踏雪寻梅抑或把酒赏菊

我歌唱自己的脚步

有的人

"有的人"，三个字凑在一起

组成一个危险的代词

它不确指，意义漂浮

童稚时代，总是不停从书本逃逸

进入童话，梦境，蓝天和飞翔

老师会一再敲醒嗓门，说"有的人，眼睛被小鸟盗走"

当我于人群中突忽穿行

人们交头接耳，指手画脚，窃窃私语

偶然有这个语词爆进耳中

便本能地警觉，驻足思忖，心意忐忑

怀疑形象正在舌头上变换花样，怀疑乌云层起

迷漫坦荡的日子和心情

"有的人"，这集会和席宴上的主打词

它是微笑刺客，温柔的杀手锏，悄然一击

命中的必是生命中最痛

爱情

初恋

谁将爱情的草籽种入低湿的地方，浅浅长长
你的日记，涂满四月的梦想
当我们走过一帘一帘的雾幛迈入敞亮的芳草地
我终究未问
那春柳的柔条是否抽伤蜜蜂的歌谣
那雪絮的舞蹈是否踩疼你的目光

呵，那个季节四野响起如歌的行板
当我手执淡茉，沿着清悦的晨声
走向你，走向你正欲写生的画框
沿着苍黄的暮色走向你
走向你渴慕已久的悸动和惊惶
我揣着满怀春天的情话，虔诚而卑微

我不曾走过天苍野茫
我不曾放牧过心野的那群羔羊
我没有采莲曲没有兰花舟

我没有象牙塔没有断魂掌

为了爱你，我把诗心编成草结缠解了许多回

为了爱你，我将日子打磨得溜光润泽悄放你身旁

仿佛蓝天吸纳升空的迷雾

你敞开颤悠的胸房，接受我的拥吻和造访

在满坂的山雀子听熟了我们切切的恋语

在流泉的六弦琴弹遍了我们互诉的心曲

你早已把羞红的秋风吹向我的果园

九月的日子浅浅长长，密密画满

你的亮眼我的湿眸，两双脚印省略向渺渺远方

而我终于未问

你是否悔怯

将爱情的草籽种在我这低湿的地方

游动的背影

这一生嵌入我心，冥长绵远的

是你游动的背影

一株纤巧细弱的植物

植入我生命的深壑，情思的沟回

自从河泽水草绿绿摇荡

那个季节幽秘的私语

自从塘镜照拍双飞的蝶影和捉对的池鸳
自从坎坎的风将你翡翠的心痕破译给我
自从淙淙的泉将我晶亮的情韵吐露给你
自从挂红的毛驴驮上你和你羞涩的青春赭红的笑靥
走进我挂满彩鞭的春居
自从山云的依恋裹紧我们蓬松的日子
我就知道，这一生，你游动的背影
会绵远冥长地，嵌入我的心房

城市歌声

引子

喝了太多的烈酒，我喑哑的喉咙
再也唱不出半声赞美

1

此刻是站在蛊惑的街灯下
视线被滚滚的车流灌满
万盏红霓
欲抬我升向仰望的天国

2

雾漫起，城市原形毕露
丛丛的阴影
比光明还刺耳
膨胀的黑洞，吞噬多少灵魂

3

卡拉包房，有人嗲嗲地

唱张学友

那么夸张，仿佛新镶的假牙

随时掉下来

粉红的小姐，沿夜色下楼

招展嫩枝的手

使劲煽你的欲望

4

孩子，端坐家中

却全都迷路

遁入动画的日本

再也找不到唐时明月宋时柳

5

城市的威逼里

麦子寸寸退让，一直缩到

土地的端角

它们旁边，高楼点着悠闲

吸饮老农的赞叹

6

大街小巷，新闻像一群

淘气的孩子

爬上烟囱，电杆和高楼
把市民的好奇不停勾走

7

立在城市风里，我落泪的灵魂
早已出窍
心，也是鲜血淋淋

雪原

当苍穹飞满无数的小信鸽
大地收到了天空寄来的爱的信函
皑皑雪原　一夜之间
成了童话的世界

那白发的村舍
是一位远古的仙人
疲惫的身心里藏着世纪的沧桑
那披霜的小树
是一只精灵的银狐
狡猾的躯干上站满婆婆的心事

山头的小木屋闪着银色的光
一定是远来的白雪公主圆满了它的梦想
豆油灯下　七个小矮人如七朵音符
正为美丽的公主把眠歌唱响

村边的小路
恰似一条白色的狼尾

摇动在深冬瑟瑟的朔风里
狼外婆来了——
谁在村头一声呐喊
全村的小女孩都屏住了呼吸……

皑皑雪原是童话的世界
茫茫宇宙充满晶莹的心
一位老者从雪原上走过
他的心事蓦地变得年轻

你都可能

在一坡丘陵抚摸高山的头顶
在一湾河滩孕育大海的深沉
你都可能
正如一阕音乐会给另一阕以耳朵
一首诗会给另一首诗以灵性

灵魂期待灵魂的飞升
眼睛需要眼睛的打磨
你也可能
从彩蝶中看到黑蛹的丑陋
从子弹上嗅到花朵的芳香

只要脚下的路还在延伸
只要心的丛林没有云遮雾挡
你都可能
从跌倒中体味到重新站立
在挫折中睹见胜利的曙光

春天远去

春天是随一声鸟语远去的

那时候仿佛雪未化尽

蓝空悠悠飘荡些什么

我们未曾知觉

歇在枝头的天使，自然而生动

一些黄瘦的蓓蕾

何时睁大孩童的惊眸

我们未曾知觉

远山含黛，近水流芳

草野的花篮何时编就

我们未曾知觉

我们只顾匆匆赶路

繁密的跫音遮蔽活泼的耳目

仿佛雪还在消融，一冬的冰意

正在心头慢慢化解

仿佛层裹的护衣还未脱尽

呢喃燕子低飞在隐秘梦中

就听凄惶一声石破般的鸟语

划过四月沉闷的天空

刹那惊醒我们昏迷的目光

水穷云尽处

最后的春色　随风而逝

秋

每个秋天都向我诉说
一两句情话
都有几片落叶，从高空
一直落到我心里
就像发黄的往事，从眼眸
只落到记忆的谷底

秋风的手，柔柔又轻轻
翻动我纷乱的黑发和思绪
如犁铧翻开土地的书页
秋天的心思是多云的
每一封家书
都带来一场思念的小雨

在树梢之上，天空愈来愈远
却仍用蓝色的眼睛凝视我
看我孤坐在寒山石上
阅读流泉和清风

怀念
—— 给远在天国的父亲

整个下午我都在沉默

透过一扇窗

我看见你微驼的背影

看见你背上背着的我的童年

看见山洪来袭

你用粗大的臂膀把我托向河岸

可恶的水妖却缠住你的双腿

……

世界静得出奇

侧着耳朵

能听见石头开花的声音

我一万次向你狂奔而去

一万次拨开浓黑的夜

寻找你

影影绰绰的荒滩上

哪一双脚印写着你的名字

哪一片海域浮起你的沉船

哪一只小鸟衔走你的歌声

我一万次狂奔而去又一万次无望而返

冥世的迷雾 黝黑的山峦

一万次遮挡我含泪的双眼

长歌当哭

是痛苦在心上结出紫痂之后

逝去的春天

永远因小草的怀念而美丽

儿时的小竹篙

撑开一撸撸欢快的记忆

我知道山蘑菇讲不厌的童话

我知道鸽子树开花的秘密

我知道天上的羊群如何歌唱

我知道林间的斑鸠如何写她的日记

只要你的微笑，温暖我初绽的好奇

只要你宽厚的手掌

轻拍我的后肩说"行"

全世界所有的大门

都"哗"地向我敞开

你疾行的脚步

总是雨点般溅满我童年的芳草地

大衣刮起的风声

至今回荡在我迷茫的心空

你砍倒秋霜和朔风的粗壮臂膀

支撑起我生命的血脉

一次次坚强我细弱的意志

托着下巴

我却始终读不懂

你额头紧锁的双眉

你双拳攥紧的虚空

你静夜烟斗上冒出的星星般的叹息

你收完谷子就望着银镰发呆的神情

当你如黑夜般沉默

一条蛇便开始噬咬我脖颈上的银项圈

母亲月亮一般地升上台阶

她用细腻的心情

悄悄收复被艰难掠走的失地

她皓腕上开出的花朵

重新焕发炉膛的青春

而她无法收复

从你指间滑走的壮实和康健

无法粉碎

一个被黑夜策划许久的阴谋

在你虚弱的喘息声中

天地在一寸寸坍塌

深冬的雪

正渐渐地将一粒草籽覆盖

那棵大树躺倒时

我正背着书包 沿着下课铃声跑回家

不知道还需要多久

我生命的元气才能恢复

悲痛的记忆

积雨云般挤满我的少年和青春

而心灵的空间

始终如月牙般残缺

在无尽的羁旅中

每当我暗夜睡醒

仿佛你正坐床头

默然不语

抽着闷烟

深陷的双眼盛满一个世纪的忧郁

我欲开口

叫你

你已不辞而别

时光流转

世界一直死一般静寂

这是你走后的某个下午

喧哗的晨鸟已在林间飞散

风中的芦苇把向往伸向秋天

我坐在这陌生的栈口

铺开一张惨白的稿纸

听见你寒风中咳嗽的声音

阵阵传来

一刀一刀地

砍在我心上

2001 年 3 月，重庆北碚

第五辑　南方生活

在特呈岛

——给 H

很小的岛，也有无限的快乐

很短的路程

也孕育难忘的故事

我们在沙滩上停下脚步

是为了倾听海浪的吟唱

还是阅读彼此的心声

那时候游人渐多

喧嚣，也难淹没我们共同的倾诉

你忆起童年，那些妩媚的日子

沿着你唇舌的音脉

如花般次第开放

你讲述学生时代

峥嵘岁月里浸满了心的悦动和情的潮涌

恋爱的细节也被你描述

你把过去的时日串成翡翠

在红树林边，在蔚蓝的天穹下

闪烁着美丽的彩光

而你脸上

有如霞的红润，渐渐泛起……

我们邂逅在周末的岛屿
是为了在单调的时光中
酝酿一场生命的欢悦吗
还是在不远的远方
酿造生活的芳香
在你的故事里，我听出了
曾经的命运，和此刻的松弛
午后的特呈岛
特别呈上的是她宽慰我们的温馨吗
在温馨里，我们把一个简单的下午
涂抹上诗意的氛围

乘船而返，特呈岛
已被我们藏进心灵的一角
短暂的旅行，却有意味深长的情趣
如果能来一次热烈的拥吻
再短的旅程，都不会留下遗憾

体检

在人和人之间，隔着
各式各样的机械
隔着各式各样的窥视
异化和病变，总是潜伏很深
像一个训练有素的特务
人眼是不足信的
再好的视力，都无法确证健康

一旦把身体交给医生
就不再有隐私可言
五脏六腑，甚至每一条血管
每一根神经
都必须接受安检

健康只有一条标准，而疾病
是多种多样的
在机械的检测下
所有人，都是病人

2013 年 11 月 14 日

致小斌

　　惊闻诗人梁小斌脑梗住院，医疗费吃紧。体制外诗
人生存堪忧，诗以抒怀。

墙，雪白的墙
曾是缪斯的某种倚靠
而今，已被北京的雾霾笼罩
无法让你的病体扶行

钥匙，终于在料峭的早春
寻找到的钥匙
在漫长的雨季默然锈蚀
难以打开前行的门

我知道此刻的京都
秋已深了，而刀似的寒冬
还将接踵而至
有谁能为你披上暖身的外套
让你不再惧怕这无边的酷冷

2013 年 11 月 16 日

我必须爱

我必须爱
爱这温暖的人间与尘世
爱这开阔的蓝天和碧海
爱这幼儿园似的市声嘈杂
爱这穿越剧般的时光飞逝

我必须爱
爱我的健康与疾病
爱我的欢欣与烦忧
爱一切的获得与丧失
爱我的亲友与仇敌
爱我的伴侣与情人

我必须爱
让心灵与目光一起翔舞
伴着欢快的旋律
让生活与渴望一起上升
沿着梦想的阶梯

我必须爱
如果我的爱，能让
幸福的浪潮再高涨一些
能让苦涩的泪水少淌流一些
我还有什么权利
阻挠那追梦的脚步呢

我必须爱
只要你还在远方
倾注着我
那淙淙的爱泉
就不会停止它的欢唱

生日
——给儿子

未曾想到，你是在寒冷的陇原
古老的黄河边
迎来 19 岁生日
远离南国的你
听不到大海的潮汐，一声高过一声
传递着爸爸的祝福
看不到紫荆花，疯也似的
绽放着妈妈的疼爱

儿子，当我让你选择西北
去追逐大学的迷梦
我就是让你选择距离，思念和磨难
让你选择寒风，沙砾和孤单
让你选择坚韧，选择不弃
把你锻造成铁一样的男子汉

我天性愚钝
不懂得用可心的话语

袅起你的笑靥
不懂得用含情的目光
看护你的童稚和青春
但儿子，你可知道
我没说出的话，没流露的目光
密密麻麻写满爱的字眼

在这静夜，在几千里外的海滨
我轻哼着"Happy birthday"
你一定听到了
那是我专为你唱的

2013 年 11 月 17 日

我在老去，你在成熟
——为儿子 20 岁生日作

我在老去，你在成熟
这是时间的法则
犹如水往低逝，冬尽春来
没人能做出违逆

当我在大陆最南端，时常
遥望敦煌的史迹，畅想飞天的神韵
并非在刻意怀古
是对你藤蔓般的思念使然

这里仍然是秋高气爽，风和日暖
陇原早已寒风瑟瑟，冷气侵怀
但愿我牵挂的目光翻山越岭
为你心头注入汩汩的温煦

我在老去，你在成熟
我们是不同的，朝着各自的季节方向

我们又是相同的，如海中的贝类

积累着生命的丰富与斑斓

2014 年 11 月 17 日

重写

月华散去，晨曦露脸
日子如并排的稻禾
一茬挨紧一茬
不断复现

远天之上，今天的阳光
重写着昨日的明艳
四合的际野
今天的清风，重写着
昨日的婉约

而在海洋，滚滚后浪
迫不及待重写着前浪
鸥鸟成群结队
尾随者重写着先行者的飞翔

我坐在窗前
新来的时光正将逝去的时光
悄然重写

这无奈的重写，是死水似的庸常
还是凤凰般裂变？

2013 年 11 月 18 日

南方生活

走了十年的长路
我才在椰林中停下脚步
才在蕉叶间，调匀呼吸
才在沙滩上
印下擦抹不去的脚迹

走向南国的步伐，始终
蜗牛般迟缓
乡音无改，鬓毛已衰
在方言的沼泽地
我总是落不下插话的脚

朋友们结伴而来
如鸥鸟带给我银色的欣喜
友情的计时表没有刻度
在互赏之中，我们收获
无边的愉悦与满足

海潮在涨，而远涉的

驳船，已然抛锚
我从此滞留在岸
有限的余生
会灌满海风的聒噪和
椰雨的温婉

2013 年 11 月 19 日

醒来

噩梦猛于虎，习惯
在幽深的甬道上将我追逐
黑夜犬牙交错
横卧的身体，赶了几千公里长途
汗水浸透梦境

思念的伤口
淌流着暗灰的记忆
疲累的心，总是在一夜老去
然后在晨风中回过神来

睡去的光阴，长如
圆明园的哀泣
但我无法，用仰望天空的泪水
喂养枯寂的生活

醒来真好
鸟唱如洗，晨曦吻窗
敞亮的日子

将我瘦削的心情
悄然补给

2013 年 11 月 20 日

仍未写到大海

在海边生活，十年匆乎
经验的味蕾，
越来越咸涩，而记忆心血
还流淌江南的旋律

江南的烟波柳巷　依然
娉婷婉转，江南的风花雪月
依旧倩影绰约
在小桥流水的节奏中
绽放成记事本上不谢的花瓣

尽管大海，反复用它暴脾气的怒涛
大声提醒着
尽管台风一次次来，携着
海腥味的暴雨
使劲敲打我的窗玻璃
迟钝的目光，还是滞留
在江南的蛙鼓稻浪中

在海边居住，却未能
写到大海
无言的愁绪，一如大海的浪潮
次第生长　无止无息

2013 年 11 月 22 日

在香山听一位日本女学者谈中国诗歌

总觉得她是站在万里之外
大阪，或者东京
跟我说着汉语
说着汉语中的分行文字
那些诗文，有浓重的日本口音

她跟我提起冯至
冯至就成了我们之间
最大的绊脚石，
那涂有富士山雪色的
冯至，让我陌生而新鲜

也许她是对的，谈论
已逝的诗人，不是复现
而是重构。在距离中重构
站在遥远的日本
才可能看清曾经的中国

2013 年 11 月 24 日

写诗很快的原因

有人问我，写诗
怎么快如跑马
这很简单
我在微博上写诗
在微信上写诗
在电话费的滴答中，写诗

我让灵感受到中国电信的压迫
我让句子追着流量的尾巴奔突
让诗意的洪水
顺着 10086 的管道喷涌

诗歌，就是和世俗结欢
诗歌，就是向金钱妥协
如果你今天写诗
不在手机上，不在流量上，不在
电信局的话费催促中
你的速度，怎么能提升？

2013 年 11 月 26 日

睡前写下

睡前写下，称作诗的文字
一天的疲惫在分行之中
烟一般升腾，雾一般消散
子夜的滴漏顺着韵节轻快吟唱
颂赞梦的美妙与神迹

如果生命的地质有多层构造
睡眠无疑是最有褶皱的部分
当睡前写下诗的文字
那神秘的褶皱里，将流转
富有节奏感的情绪和心音

白昼的忙碌是灰暗的
它牵着你生命的鼻子，左突右冲
但你无法看清它的真容
只有夜是清晰的，安谧闪烁若星
当睡前写下，诗的文字

与老邓谈诗

在西餐厅，我和老邓
并排坐在光影里
有乐音袅袅，茶香微薰
迷离成诗的氛围
分泌出我们的话题

我们从大海谈起
海波即刻翻涌，在周身
那是诗的激情漾动
又说起青春诗会
青春，本是最佳诗歌舞台
可惜奇迹，没在湛江发生

对面的小史，感叹生活的尘埃
暂时淹没了诗情
美女小段，用醉人的微笑
啜饮弥漫的诗意
被激情碰撞，一旁的老谢
畅谈起写作课的跨行与分节

一会，雷鸣从广州打进电话
遥隔千里，却很快接通
这里的气场，有了诗歌
所有距离都被删除

老邓说，春潮飞涨
明年的湛江，诗香遍野

故乡

一个不断生疏的名词
一个渐渐淡远的背影

那村头的苦楝
始终结满父亲的嘱托

那塘边的杨柳
还袅娜着慈母的牵挂

故乡腹地，狭窄的乡路依旧虬曲
仿佛少年未曾展开的心事

村庄一角，简陋的学堂依旧破落
似乎低矮的时光在此暂停

城市的烟囱在不断长高
故乡的身影就日渐瘦小

我在远方的高楼里侧耳
再也听不见熟悉的乡音

烟雨中迷失了的，是童年
心灵中回不去的，是故乡

你见过大海

你见过大海
你知道大海总是
不修边幅，形容邋遢
如糟糕的心情
他的情绪时常失控
爱把大轮船的玩具
使命摔来摔去

你见过大海
你懂得他的孤独
比海面还宽阔
而夜深人静，你还听到
他的啜泣
也许，哭泣起来的大海
更像一个男人

你见过大海
你知道他而今如此衰老
红树林的胡须越长越长

白嘴鸥的鬓发一如秋叶
所剩无多，当你沿着沙滩
去抚摸他的皮肤
你才感觉它冰凉透骨

是的，你见过大海
你是一个人，去见大海
一个人去见的大海
跟很多人去见的大海
绝不是一回事

致吕师

不知道该如何表达
我对你的爱，如同溪水
无能表达对雪山的爱
当岁月的雕刀
已初步刻画生命的模型
我才带着而立之年的
沧桑，投奔你门下
成为你苗圃中
一个错过季节的花蕾

那是一个暮夏的午后
你在新诗所简陋的办公桌前
迎候我们就像迎候
一群初生的女儿
慈爱写满你的胸怀，如同阳光
写满天空的心怀
你迎候我们的身影
成为那个夏天不凋的风景

沿着你鼓励的目光

我开始从胡适发言的地带

朝诗学的芳草园进发

在你柔如春光的话语下

我学会阅读

现代汉语的分行文字

懂得翻捡出

藏在文字里的情绪，意味和声音

就像童年在角落里

找寻到渴盼许久的欢乐

三年短如一瞬，我还来不及

读完你深厚的学识

就将候鸟一般飞远

三年又长如一生

将我前三十年的旧式格局

彻底翻新

远离你的日子，你的牵挂

一如月华

照引我暗夜中的跋涉

你的期待恰似朝阳

闪耀在我继续前行的黎明

我原想着，十年以后
重回你身边
就像浪迹天涯的游子
回到阔别的故乡
如今，漫天的雾霾
遮没前行的路途
我只能在心底默默祝福：
吕师，保重，保重！

2013 年 12 月 4 日

在写作中阅读

秋风吹动书卷，吹不动
八层楼高的知识
学海茫无涯际
一个浪头，便吞没苦短人生

吾生有限，向书卷
低下谦卑的头
才可能迎取高贵的命运
在八层楼垒砌的卷册里
只有持写作的刀斧
才能劈开求知的血路

写作正是，以语言的锋刃
磨亮晦暗的人生
以主体的标杆
树立一面知识的风旗

在写作的河道里
知识序列为涓涓的碧波
它从容流淌
淌成你生命的大海

总有一些寒冷让我们始料未及

在岭南，冬天的表情是暧昧的
它会把阳光的笑脸
一直摆放在蓝天和白云之间
会让风，总是轻软若泥
永远不会像北方，令你有
刀刮冰敷的感觉

岭南的冬季也有雨，一如春日
但它只是小心地落几点
就随风而逝，岭南的雨手脚麻利
绝不仿效江南的雨
缠缠绵绵，仿佛初恋

岭南的气候有些怪异
让你琢磨不透，不像北方
冬天总是大张旗鼓地
用冰雪，用寒风
大肆渲染凛冽的主题
岭南没有冷冬

偶有艳阳之后，寒潮突至

在岭南，总有一些寒冷
让我们始料未及
当我们正要警觉
春天已经不远

这几天的雨，有点江南了

我说岭南的雨总是干脆
说来就来，说走就走
绝不仿效江南
缠缠绵绵好似初恋

话音未落，老天爷
就开始一个劲抗议
他用接天连地的雨线
密织在岭南的空间
密织成雨伞的世界，潮湿的出行

这几天的雨有点江南了
这几天的冷，有些北方了
这几天我的心空
袅袅升腾着，故乡的云烟

或许地域的脾性
也会悄无声息改变
在岭南绵长的雨季里

我读到短亭似的忧郁

长亭般的温婉

2013 年 12 月 16 日

岁月如歌

我说岁月如歌，岁月
果真有了旋律和节奏
渔舟唱晚的旋律
雨打芭蕉的节奏
演绎华南之曲

我说停，岁月随之静默
风停下秋叶上的舞蹈
雨停下泥泞间细碎的脚步
天空停止他的忧郁
用太阳的笑脸迎接我

我说来吧，闪光的日子
便如一群孩童涌到我身边
欢乐，这曲中的高潮
正在生命旷野如期奏响

我说岁月如歌，山岭颔首
这是岁月的默许吗

岁月其实只是哑者，是否如歌
它从不吟唱
会吟唱的，是岁月中流转的生灵

2013 年 12 月 18 日

清明

远行的人始终在远方，等待或者沉默
尘世的喧嚣，开始将目标转移
一年中的一天，也是一天中的一年
我们踏青，踏清明的雨水
沿思念的长路一直向前
直到赶上亲人在世的那些光阴
烟火笼罩原野，故事一一诉说
回忆的潮水漫过心堤

亲情是不老的传说
在故园之上，莫名地理的田头
那些怀抱亲人熟睡的泥土
那些站在先祖肩胛随风摇曳的草茎，那些
一遍又一遍朗诵春光的斑鸠鸟
还有那些带着城市口音的人语与车喧
汇聚成河，流淌着惦念与倾听

终有一天，我们也是远行人
带走满眼山水，带不走一世情仇

年年清明，雨水，雾霭
我们祭奠亲人，也将自己怀念

2014 年 3 月 29 日

附　录

新诗话

张德明

一

诗人是怎样的一类人？在我看来，诗人是特立独行的一群人，诗人是永远不甘寂寞的一群人。他们惯于在喧哗之中寻觅幽谧，在寂静之中追寻喧腾；他们惯于将日常话语处理为超常的言说，又让超常的话语向日常性转移。换言之，诗人就是从不"安分守己"的人，就是有话不好好说的人，就是表意遮遮掩掩、吞吞吐吐的人，就是对语言游戏乐此不疲的人。

二

隐喻修辞无所不在，比如"那位老人是昨晚走的"，再比如"今天我给某友拜年"。生活话语尚且如此，诗歌创作又怎能做到"拒绝隐喻"呢？

三

诗歌创作最大的敌人是自动化。不假思索，顺势而下，任由语言流水化组织。因此，诗歌艺术的彰显和境界的提升必须依赖去自动化，慢与思正是去自动化的良策。

四

口水诗歌的最大致命伤就是自动化。一些诗人将语言的惯性生成当作是对生活原生形态的直录，当成是语感驱动下的诗歌本真性的袒露，这无疑是有问题的。诗歌的内在特质就在于与原生态生活的有意识疏远，因此陌生化与距离感才是酿就诗意的正途。在这一基础上，我对口水诗歌一直都投反对票。

五

诗人要建立个人的词汇表，这既是诗人彰显独特诗学观念、表达对世界独特理解之需要，又为他建构个性化审美空间提供了充分保障。大凡优秀的诗人，都拥有属于自己的特定的词语谱系。

六

诗人应有意识地创作一些出格的诗，无论思想还是结构乃至语言，都可以大胆超越现存的一切戒律，从而有力地彰显自我内在的精神狂野和艺术探索的不拘一格。这些出格的诗作，日后或许会成为诗人个体凸显与精神标记的"重要的诗"。诗人"重要的诗"，是无法用单纯的"好"与"坏"的标准准确衡量的。

七

诗人要在建立个人语法上下功夫。句式架构、词语搭配、意象串接等，都可视为诗歌的语法范畴。优秀诗人应是善于驾驭这些语法形式，并逐渐转化为自己的私有财产的一群人。

八

诗人如何表现出"对于词语的敬畏"呢？余以为，要体现出对词语的敬畏，诗人至少需做到如下三点：其一，对"诗人"这个称谓的敬畏。诗人是语言的魔术师，敬畏"诗人"这个称谓就是敬畏语言。其二，对诗歌创作本身的敬畏。诗歌创作是一个艰辛而神奇的过程，其间充满了诸多神秘莫测的力量和因素，只有对这个过程保持充分的敬畏，才是对诗歌这一特殊工作的尊重。其三，对诗歌读者的敬畏。每首诗都是词语的一次联袂演出，而读者就是这演出的忠实观众，因此，敬畏读者也就是敬畏词语。

九

通常情况下，诗人写诗会应时而动，感时而抒怀，春天来了就写春天，秋日到了就绘秋景，飘雪时不离雪花，晴朗时歌咏艳阳。我则提倡诗人多做错时写作，即晴时写雨，雨时书晴；秋时描春，夏时述冬。理由有三：其一，四季是相比较而存在的，在某一季节想象和回味另一季节，或许会获得更多的感触与启示。其二，诗歌创作要着重培养求异思维，错时书写是培养求异思维的重要方式。其三，错时书写是与当下保持适当距离感的重要路径，而距离往往是生成艺术之美的必要条件。

十

每首成功的诗都是公共性与私密性的有机统一。诗是个人经验的审美化，或者说是审美成规的个人化，在诗歌创作过程中，诗人必须在个人体验的独特性和诗歌表达的公共性之间寻找一个恰当的接洽点，以便既生动地呈现自我，又不违逆诗歌的美学通则。由此，一首诗必将涉及公共性与私密性的兼容问题，这同时也是诗歌的隐与显、暗与示的比例调配和技术处理问题。在某种意义上，一首诗所能达到的艺术高度，取决于诗歌的公共性与私密性之间融合的有机程度。

十一

每一首诗都是对自我的一次有计划"曝光"。自我总是杂多的统一性，这种杂多性，为诗人的每一次写作都可能具有某种独创性提供一定保障；这种统一性，保证了一个诗人的所有创作都将具备相同的血型和脾性。自然，诗人必须对个体自我的杂多性和统一性有充分的认识和准确的拿捏，才可能确保创作的有效性与生命力。否则，就将出现大量自我复制或自我分裂的拙劣诗作，那将导致自身诗歌形象的不断毁弃。

十二

诗人创作的命运从来都是不确定的，因此，写作除了写着，再没有别的意味。不要想着一下笔就是千古名句，而要认识到写作不过是在坏的诗句群中选择稍好一些的而已。诗歌经典的出现，是建立在创作了无数庸品的基础之上的。

十三

每一首诗的结构都是诗人某种生命结构的艺术模仿。由于诗人的生命结构形态是纷繁多样的，诗歌的结构形式也因此是变化多端的。在诗歌结构的不断变换中，诗人艺术创作的丰富性得以展示，其精彩而多面的人生形态也悄然彰显出来。

十四

用意象去思考，这是诗歌创作与其他文体创作最本质的差别。首先，意象是诗歌最基本的美学元素，诗歌创作就是以意象的砖石垒砌艺术的屋宇，几乎可以说，没有意象就没有诗歌。其次，诗歌是抒情的艺术，每一特定的意象里都蕴含着诗人对世界的特定理解与特定情感，在此基础上，诗歌就是用意象去抒情。最后，意象与意象之间并不是融合无间的，有些意象彼此之间反差很大，甚至相互冲突，诗人就是要做意象的调配师，将诸多有着多重意义向度、彼此并不协调的意象组合在其中，操控在一起，在充满张力的意象群落中达成意义的共振。

十五

必须充分认识到孤独意识在诗歌创作中扮演的重要角色。诗是对诗人个性的一种艺术演绎，孤独意识可以为诗人个性的伸张提供极大的保障。诗是诗人向世界发出的独语，它并不完全顺从现代汉语的语言秩序，毋宁说，诗人创作出的每一首诗都是对语言规则的一次特定的叛逆，这种特定的叛逆为诗歌的孤独性埋下伏笔。与此同时，诗歌创作是世界上最孤独的工作，它常常是诗人与静夜、与心际、与神灵进行的隐秘对话和意义交换，永远只是一个人孤独的事业，无法借助外在的因素诸如探讨、辩论、传授等来完成。在这个层面，似乎可以说诗歌创作就是通过分行的文字与人们分享孤独。

十六

新世纪诗歌中之无效写作，大抵不外乎如下几类：一曰伪乡土抒怀，虽通篇不离乡土意象与乡村话语，然书写者对乡土中国的根本特征和历史流变缺乏深层认知，故无法传递出当代乡土烛照下的思想真谛来；二曰伪都市书写，乍看上去绘制了当下中国的都市图景，但细察不难发现，文本中的城市与书写者之间不存在任何对话和互动关系，没有与主体发生充分的内心纠缠和灵魂搏斗的城市，都是缺乏诗歌力量和美学精神的审美对象；三曰现实直录诗，表面看来对现实生活进行了原生态还原，显露出某种本真的诗性素质，但因书写者未对描述对象做必要的艺术加工和诗学处理，这类诗只是碎屑状的语言堆积；四曰装神弄鬼诗，故作高深，故弄玄虚，以玄妙之神学或幽僻之历史唬人，这类诗以艰深文其浅陋，实则是无甚价值的。

十七

新世纪女性诗歌写作空前繁盛，称其量大质优并不为过。不过，很多女诗人对女性诗歌的诗学定位是有问题的，她们太看重自我的性别角色，习惯以先女性后诗歌的方式来看待自我的写作，而不是先诗歌后女性的方式。真正的女性诗歌应该采取去女性化的方式，直接面对诗歌本身，而诗歌中所谓的女性性别意识和美学独特性，不过是诗成之后反观之时所提炼和总结出来的东西。

十八

女性诗歌写作的正确路径是：从去女性化到再女性化，最后到超女性化。去女性化是女性诗歌的创作起点，也是女诗人进入诗歌前必要的心理准备；再女性化是女诗人创作中性别特征的无意识凸显，诗歌创作的本质正是"写出你自己"，因此女诗人的创作丝毫不必担心性别身份的丢失；超女性化是女性诗歌的审美完成，是女诗人在诗歌本体层面对自我创作的最终要求，同时也构成了女性诗歌写作成功的关键因素。

十九

当代诗歌中的地域书写风潮纷起，佳作迭出，这已成为新世纪以来不容忽视的诗学现象，一些诗人通过精彩的地域书写，已经在当代诗坛的艺术领地获得了某种特定的历史位置，如梁平的巴蜀书写，雷平阳的云南书写，潘维的江南书写，古马的甘肃书写，沈苇的新疆书写等。不过，当代诗歌中更多的地域书写其实存在着三方面痼疾：其一，只注重地域外在名词的罗列，不重视地域内在精神的挖掘；其二，将地域书写等同于狭隘的地域主义，忽视了地域书写中的超地域美学旨趣；其三，误将家乡风物写照视为典型的地域书写，没有看到地域与家乡在内涵上的显著差异性。

二十

真正的禅诗是诗与禅的一体化，也就是人与诗的一体化。禅诗的窍门并不在于内涵的禅意化，而在于诗歌的心灵化。诗中有禅，禅中有诗，诗禅合一，人诗浑融，这是现代禅诗的最高境界。

二十一

影响80后在当代诗坛的重要性和影响力的，或许不是他们的诗歌创作，而是他们的诗歌批评。80后在诗歌创作上或许并不逊色于60后和70后这些先行者，但在诗歌批评上显然差了不止一个档次。余以为，要想迅速提升这个代际的诗歌影响力，80后有必要着力培养自己的批评家。

二十二

新诗如何接通传统，这是近百年来一直困扰着现代诗人的重要问题。传统并不是凝固不变的，继承传统也不只是学习古代文学与文化，并在诗歌创作中大量使用古典语词、意象和典故。继承传统远不是这样简单。在我看来，所谓传统应该是带着古典文化气息和韵味，并能与现代生活发生对话和纠缠关系的东西，从这个意义上说，逼真地反映出现代文化和现代生活的风采和底蕴，其实也是继承传统的一种方式。

二十三

诗歌的读者类型有很多：学院派读者，草根性读者；寻找型读者，对话型读者；减法式读者，加法式读者等等，不一而足。读者的区分，依赖于其所具有的知识配置、诗美感受力和阅读向度。而读者在一首诗中所收到的阅读回报，往往取决于其情感与知性的投入程度和想象的代入值。

二十四

诗歌批评是一项冒险的活动。由于诗歌文本本身充满了诸多不确定性因素，例如结构的艺术功能、节奏的美学韵味、修辞的表意作用、语词遣用的精确程度等，都具有某种不可言说性，或者说是具有某种难以确切定位性。为了减小诗歌批评的危险性，批评家必须练就一身防身术，主要秘诀大致有多做个案分析、多用材料说话、少下主观断语等。

二十五

重申诗歌批评的写作伦理，迫切而重要。在当下，诗歌批评几乎成了酷评、美评、友评、盲评的代名词，在批评文本里，好话铺天盖地，赞语俯拾即是，高估司空见惯，夸饰无所不用其极。今之批评家不负责任地推出了多少"大师""巧匠""惊世杰作""时代范本"，却把自身应有的批判立场与历史担当抛至脑后。诗歌批评的堕落甚至比诗歌创作的堕落更为可怕，它纵容了一个时代的艺术平庸，它奉许多"南郭先生"为演奏大师，它使得本已混乱的诗坛秩序更乱。诗歌批评的写作伦理何在？这是所有从业者都应该认真反思的问题。

二十六

诗歌批评要做到硬度与弹性的和谐统一，既要有理论深厚、逻辑缜密的学术硬度，又要有激情涌荡、表达鲜活的弹性。缺乏喷涌激情和鲜活话语的诗歌批评正如没有血肉的筋骨，显得枯瘦干瘪，了无生趣；缺乏理论硬度而仅有浮华文字的诗歌批评恰似没有骨骼的赘肉，显得绵软乏力，华而不实。

二十七

依照批评主体的不同位置，新诗批评大致可以分为三种类型：出让式批评、介入式批评和对话式批评。

所谓出让式批评，指批评主体不主动出击，只将诗歌现象与事实客观陈列出来，材料陈列的过程也是观点展示的过程。这是一种先材料后观点的批评方式。所谓介入式批评，指批评主体自始至终都出场，以主体的思维逻辑带动诗歌材料的展示，这是一种先观点后材料的批评线路。所谓对话式批评，指批评主体与诗歌材料之间始终保持着平等互助的对话关系，主体与材料之间留有适当的距离，或许会使生成的批评观念更显客观和科学。在对话式批评中，材料与观点之间始终是一种互动互生的意义关系。

二十八

新诗作为一种短小精粹的文学文体，其所具有的意义和功能，远不是"审美"二字可以完全概括的。换言之，新诗不仅是一种文学存在，还是一种语言现象、历史现象和文化现象。它诞生以来，已经引起了社会各界的广泛关注，它在社会各阶层、各领域中都激起了许许多多心灵的涟漪。从流传学与阅读学的视点出发，我认为，新诗史的书写，不应只是对诗人与诗作单线条的历史讲述，还应该将语言学界、翻译学界、心理学界、教育学界乃至自然科学界等领域对这一艺术形式的不同讲述纳入其中。

二十九

散文诗不是散文的诗化或者诗的散文化，而是诗与散文的双重超越。一方面，散文诗没有诗的分行但要表达出诗的情绪节奏和意义跳跃，这使得它必须比诗歌更注重语言的锤炼和句式的架构；另一方面，散文诗没有散文的文体自由性和表达灵活度，因为它时刻受到"诗"的艺术约束，但它又要像散文那样做到随心所欲，自然灵动，形散神聚，这使得它必须想方设法让散文的叙述语式时刻流溢诗性之美，从而以诗的意象和气息将散漫的话语蓦然照亮。

由此可见，散文诗表面看来很好操作，很易上手，其实是最难写好的。一首优秀的散文诗，往往是鲜明的文体意识、丰富的人生阅历和深厚的思想底蕴三者相互拥抱而生成的艺术成果。这也难怪近百年中国散文诗史上，再也没有一部散文诗作能与鲁迅的《野草》比肩了。

三十

散文诗是情与理的有机结合。情是散文诗的血肉，理是散文诗的骨骼。有情无理，散文诗会显得绵软无力；有理无情，散文诗会显得死板生硬。情理相融，散文诗才显得气韵生动，丰满而强健。在此方面，泰戈尔的《飞鸟集》、纪伯伦的《沙与沫》堪称典范。

三十一

散文诗的语言形态是独特的，它既不是诗歌的那种纯诗化语言，也不是散文的那种散漫型描述语言，而是一种准诗化或者说泛诗化语言。对于一章散文诗来说，如果所用的语言太过诗化，那么可能会因诗意过于绵密而导致与读者对话空间的流失；如若语言太过散漫自由，散文诗的诗意浓度就会显得不够充足，其艺术成色就将大打折扣。

三十二

散文诗的篇幅宜短不宜长。篇幅过长，情绪就将变得松散，意味也会被稀释，最后很可能被人当作并不合格的散文来看待。篇幅不长，诗人就可以在精心安排的字句中把情感与思想最为有效地表达出来。

在我看来，散文诗的篇幅一般应控制在 150 到 500 字之间为宜。

三十三

散文诗的结构丰富多样，有平列式、承接式、递进式、散点式、絮片式等。不同的结构选择，依赖于诗人所要处理的情绪的多寡和思想含量的深浅。有时候，一章散文诗可能只有一种结构形式；有时候，一章散文诗会容纳多种结构形式。在散文诗中，单一的结构形式体现着诗人情感的单纯与明了，复杂的结构形式则反射着诗人情绪的繁复和诗歌题旨的多重。

三十四

必须重视散文诗的"野草"传统。这种传统包含这几方面内容：其一，鲁迅先生的《野草》代表了近百年中国散文诗的最高峰，鲁迅在《野草》中的形式创新、技法使用、语言架构和思想彰显，构成了散文诗最为重要的美学传统，构成了今人从事散文诗创作时重要的习学范本；其二，散文诗虽然是一种"舶来品"，是从外国文学中移植过来的，但它也一直深烙着中国古典文学如晚明小品的传统印记，因此，这种文体也如同"野草"一样有着宽厚而肥沃的传统文化土壤；其三，散文诗虽然在文学大家族中身份并不显赫，地位比较卑微，但它自由，灵活，生命力强大，一如"野草"。

三十五

散文诗和小诗、微型诗一样，本质上都是一种小制作，一种轻文体，尽管它们也不乏四两拨千斤的艺术功效，但总体而言只能算小桥流水，无法拥有洪钟大吕般的振聋发聩之力。散文诗与小诗有时是可以相互改写与转换的，如冰心的小诗："生离——/是朦胧的月日/死别——/是憔悴的落花"，改成散文诗为："生离是朦胧的月日，死别是憔悴的落花"，意义和韵味没有什么变化。泰戈尔的散文诗："使生如夏花之绚烂，死如秋叶之静美"，可改为小诗："让生命/如夏花绚烂/让死亡/如秋叶静美"，也不失原有内涵。

三十六

著名散文诗家柯蓝曾出版了一部非常有影响的散文诗集，名曰"早霞短笛"，诗歌充满生命的感悟和思想的睿智，如这章："流动的白云定格在湖水的深处，是一种美。把理想的追求定格在行动里，是一种力量。把自己的失痛的煎熬定格在心灵里是一种磨练。把对你的打击定格在微笑里是一种坚强。把失误定格在内疚里，是一种升华。"

事实上，"短笛"不仅是柯蓝散文诗的集子命名，某种程度上也构成了散文诗这种文体的性质与功能的生动隐喻。的确，一首散文诗恰如一只短笛，制作小巧而声音清脆、响亮、悦耳，始终给人带来悠悠不绝的审美享受。